Jules

le chevalier ~~intrépide~~

agaçant

Ce livre est dédié à l'école publique de Noyant-de-Touraine

ISBN 978-2-211-22218-1
Première édition dans la collection *lutin poche* : avril 2015
© 2015, l'école des loisirs, Paris, pour l'édition en *lutin poche*
© 2013, kaléidoscope, Paris
Loi numéro 49 956 du 16 juillet 1949 sur les publications
destinées à la jeunesse : septembre 2013
Dépôt légal : avril 2015
Imprimé en France par Pollina à Luçon - L71666

Geoffroy de Pennart

Jules
le chevalier ~~intrépide~~
agaçant

kaléidoscope
lutin poche de l'école des loisirs
11, rue de Sèvres, Paris 6ᵉ

De l'autre côté de la montagne, dans le paisible royaume de Troulala, règne une princesse prénommée Marie. Un vieux dragon veille sur elle, il s'appelle Georges...

Enfin veillait, parce qu'un beau jour Jules, chevalier intrépide de son état, a surgi dans le décor. Jules et Marie sont tombés amoureux et Georges, jaloux et dépité, a préféré quitter le royaume sans un adieu. Il est devenu acteur de cinéma pour les studios Bling. Cette nouvelle carrière lui apporte gloire et succès, mais il n'est pas vraiment heureux. Sa princesse lui manque.

Justement, il vient de recevoir une lettre de Marie. Elle regrette son départ et souffre de son absence. Touché par cette missive, Georges s'envole pour Troulala. Au moment où commence cette histoire, il arrive en vue du château.

Ouf, me voici arrivé ! Je commençais à en avoir plein les ailes !
Ma princesse et son agité du château semblent en pleine discussion.

La princesse se jette dans mes bras :
« Oh, Georges ! Comme je suis heureuse
de te revoir ! Tu m'as tant manqué ! »
Je savoure la douceur de cet instant...

PAF !

OUF !

... que le barjot interrompt
d'une grande claque dans le dos.
« Mon vieux Georges !
C'est chouette de te voir. »
Il m'agace ! Je ne suis pas
son vieux Georges !

«En plus, tu tombes à pic.
Tu vas veiller sur la princesse
pendant mon absence.»
Je dresse l'oreille. Il s'en va ?
Enfin une bonne nouvelle !

Marie me prend par la main.
«Rien n'est vraiment décidé,
mon bon Georges.
Je t'attendais.
Allons au salon pour en parler.»

Et Marie poursuit : « À l'occasion de notre mariage, nous voudrions annoncer la construction d'une école plus moderne mais... les caisses du Trésor royal sont désespérément vides ! »

Je m'empresse de la rassurer : « J'ai gagné beaucoup d'argent avec le cinéma, permettez-moi d'aider Votre Altesse. »

Mais Jules vient tout gâcher : « Merci, mon vieux Georges, mais garde tes économies, nous avons un plan... »

«Un plan très risqué», ajoute la princesse. «Nous avons trouvé cette vieille carte signée de mon aïeul Pétarac le Borgne.
Il aurait enterré un trésor au pied du volcan Boum-Boum et Jules a décidé de s'y rendre.»
«Mais c'est de la folie! Il n'y a pas d'endroit plus dangereux au monde!»
«C'est bien ce qui m'inquiète!»

« Je te rappelle que je suis déjà allé deux fois au Boum-Boum pour notre ami Georges », dit le toqué.
« D'ailleurs, si je te laisse entre ses mains, je peux filer, le cœur léger et l'âme sereine.
Tu peux même commencer à organiser la cérémonie, le trésor est pour ainsi dire à tes pieds. »
Mais pour qui il se prend ce fada ?

Enfin seuls ! La princesse me chuchote :
« Si tu savais, Georges, comme je suis rassurée que
tu sois là ! » Mon cœur se dilate de bonheur :
« Moi aussi ! Je veillerai sur Votre Altesse jusqu'au
retour du chevalier. »

« Mais non, mon bon Georges, je suis rassurée que
tu sois là POUR VEILLER SUR JULES. Il faut que
tu l'accompagnes au Boum-Boum. »

« Impossible, il refusera. Il veut que je veille
sur Votre Altesse en son absence. »
Elle insiste : « Il acceptera, j'en fais mon affaire.
Dis oui, Georges, je t'en prie... »
Et elle me donne un bisou.

Comment résister ?
Je cède et ma princesse me couvre de baisers.
« Oh, merci, Georges, tu es formidable ! »
MISÈRE, JE SUIS PIÉGÉ !

Le lendemain matin, le cinglé fait irruption dans ma chambre.
«Sacré Georges, Marie me dit que tu insistes pour m'accompagner.
J'aurais préféré que tu restes auprès d'elle, mais son argument me convainc, EN VOLANT,
nous mettrons moins de temps et nous serons peut-être même rentrés pour le dîner.»

Et il saute sur mon dos en criant :
« En avant, mon vieux Georges, cap sur le Boum-Boum ! Flambard, prends bien soin de Marie ! »
Il m'agace ! Bon sang, qu'il m'agace !

Je pourrais être en train de me prélasser dans ma piscine, MAIS NON !
Me voilà au milieu d'une éruption volcanique avec un dingo sur le dos
et des roches brûlantes qui sifflent à mes oreilles !

« Nous y sommes ! Le trésor est pile entre cet arbre à lianes et ce bestiau rigolo »,
s'écrie Jules en mettant pied à terre.
L'insensé ! Le bestiau rigolo est un énorme grofessu, un carnivore qui peut se montrer terriblement agressif...

Ou pas. Ça dépend.

« D'après la carte », dit l'allumé, « le trésor est dans un coffre enterré précisément sous ce rocher en forme de crâne. »

Un bloc de pierre impossible à déplacer !

Mais nous avons de la ressource...

TCHAC !

... et de la suite dans les idées.

Nous commençons à creuser quand surgit la redoutable chicoteuse à picots que jamais rien n'effraie...

... d'habitude.

Nous creusons avec ardeur.

La carte disait vrai : LE COFFRE EST BIEN LÀ...

CLOUTÉ ET FERRÉ ! Les serrures triple tour résistent...

... deux secondes au violent assaut d'un escobar furibard !

MISÈRE DE SORT !
Le coffre est vide !
Non ! Un parchemin tapisse le fond.

C'est un message de Pétarac le Borgne :

« Moi, Pétarac Ier, je déclare que le détenteur de ce billet est un être valeureux.
Il a bravé moult dangers et il a mérité de recevoir mon trésor.
Je l'ai déplacé. Il se trouve maintenant en sécurité, sous ma protection, dans... »

Mais nous ne saurons jamais où Pétarac a caché son trésor !
Un chapardeur véloce s'empare du parchemin ! !

Nous nous lançons à sa poursuite.

Le voleur vole droit sur le Boum-Boum.
L'aventure est tentante mais mon âme héroïque me dicte de rentrer au château :
j'ai promis à ma princesse de veiller sur son fiancé.
Mon devoir est de lui ramener son Jules sain et sauf...

... et furieux du coup.
Mais qu'importe. La princesse laisse éclater sa joie.

Elle écoute le récit de nos mésaventures et s'écrie :
« Oublions le trésor, Jules ! Georges a eu raison, vous êtes vivants, c'est l'essentiel !
Et pour la nouvelle école, on verra plus tard... »

Elle a dit : « GEORGES A EU RAISON ! » Je bois du petit-lait !
Et j'ose : « Pour l'école, je propose à Votre Altesse mon cachet du Dragon justicier. »
« Mon bon Georges, comme tu es gentil ! »
La princesse est sur le point de m'embrasser quand cet excité de Jules vient encore tout gâcher !
Il pointe le doigt vers le portrait de Pétarac en hurlant : « J'AI COMPRIS ! »

Il se précipite vers le tableau et le décroche.

Il se met à démolir le mur tel un forcené. La princesse et moi sommes saisis de stupeur.
Le pauvre garçon a définitivement perdu la raison !

Le mur s'écroule, des pièces d'or ruissellent !
Jules hurle : « J'EN ÉTAIS SÛR ! C'EST LE TRÉSOR ! LE MESSAGE DE PÉTARAC DISAIT :
"Je l'ai déplacé. Il se trouve maintenant en sécurité, sous ma protection..."
IL PARLAIT DE SON PORTRAIT... ET VOILÀ ! »

rie s'exclame : « C'est merveilleux ! Jules, annonçons tout de suite notre mariage et la construction d'une nouvelle école ! »
L'excité ajoute : « Et aussi d'un nouvel hôpital et d'une bibliothèque et d'un théâtre et d'une piscine et d'un... »
GNAGNAGNA ! IL M'AGACE !

FIN